生活及相關的字 Daily Life & Related Characters

Chinese U See

5

Min Guo
郭敏

起步版 **Beginner's Edition**

香港字藝出版社
Hong Kong Word Art Press

Chinese U See 5 *Beginner's Edition*   Daily Life & Related Characters

Author: **Min Guo**
Illustrator: **Min Guo**
Editor: **Kim Yueng NG**
Publisher: **Hong Kong Word Art Press**
Address: **Unit 503, 5/F, Tower 2, Lippo Center, 89 Queensway, Admiralty, HK**
Website: **www.wordart.com.hk**
Edition: **Second edition in Hong Kong in July, 2017**
Size: **210 mm×190mm**
ISBN: **978-988-14915-7-2**

象形卡通 5   起步版   生活及相關的字

作　　者：　郭　敏
繪　　畫：　郭　敏
編　　輯：　吳劍楊
出　　版：　香港字藝出版社
地　　址：　香港金鐘金鐘道 89 號力寶中心第 2 座 5 樓 503 室
網　　頁：　**www.wordart.com.hk**
版　　次：　2017 年 7 月香港第二版
規　　格：　210 mm x190 mm
國際書號：　978-988-14915-7-2

哪一種方法更有效？

象形卡通　　　現代漢字　　　一般圖畫

　　象形卡通以生動的生活畫面，增強了識字教學的直觀性、形象性和趣味性，能夠使學生在輕鬆愉快的氛圍中立刻辨明漢字的字義、字形和筆畫，能有效地提高學生的識字能力和速度。象形漢字是小小的藍圖，象形卡通就是它們的設計圖像，把漢字轉變成圖畫的過程，是培養孩子觀察力、想像力和創作力的最佳方法。

　　象形卡通是根據現代漢字的字形、字義、筆畫、結構、文化內涵、字與字之間的關聯，并參照有關歷史文獻、甲骨文殘余的象形字、民間傳說、風俗習慣及地方方言等所創作的。象形卡通也是根據對現代漢字象形特點的研究、現代六書、現代漢字字理的研究和兒童認知理論所設計的。

Which Way Is Better?

Pictographic Cartoon   Chinese Character   Common Picture

ròu

肉

meat

   Pictographic cartoons add straightforward, lifelike, and interesting elements to character recognition, help students understand the meanings, the shapes and the strokes of Chinese characters immediately, efficiently improve students' ability and speed to recognize these characters in a fun way. They also support an easy learning environment for Chinese education. Chinese pictographs are little blueprints: the pictographic cartoons are their designed images.The process of changing characters into pictures is the best method to develop students' abilities of analysis, imagination and creativity.

   Pictographic cartoons are created based on the shapes, the meanings, the strokes, the structures, and the connections of modern Chinese characters, referring to the related historical research and documentation, cultural connotations hidden in the structures of modern Chinese characters, ancient pictographs, folklore, customs, and local dialects. They are also designed based on more than 10 years' research on the pictographic characteristics, the Six Formations, the explanations of modern Chinese characters and the theories of children's cognitive development.

Table of Contents
目錄

The Stroke Orders 筆順

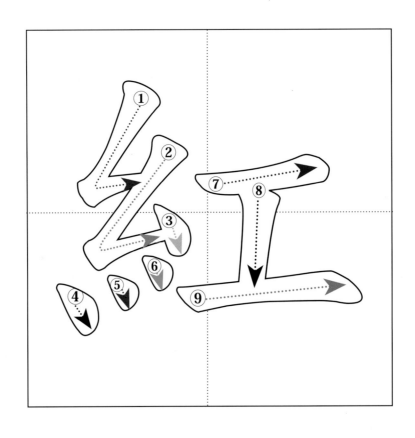

Lesson One 第一課

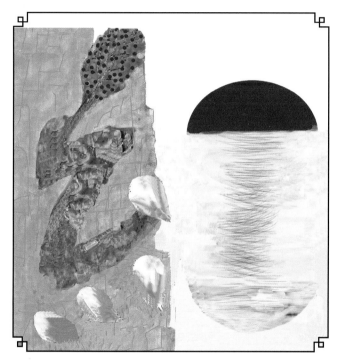

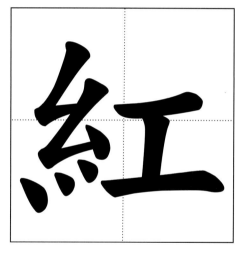

hóng

红

red

Zhè shì hóng rì
這是紅日。
This is the red sun.

①

The Stroke Orders 筆順

huáng

yellow

Nà   shì Huáng Hé

那 是 黄 河 。

That's the Yellow River.

3

The Stroke Orders 筆順

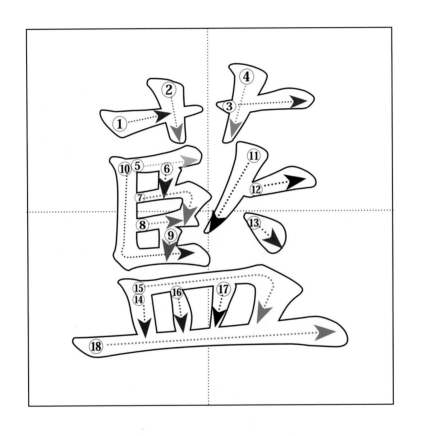

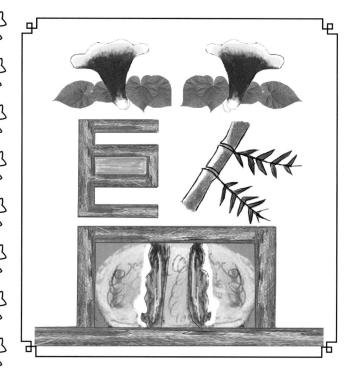

藍

blue

Zhè xiē shì lán huā

這些是藍花。

These are blue flowers.

The Stroke Orders 筆順

lù

green

Nà xiē shì lù shù

那些是綠樹。

Those are green trees.

7

The Stroke Orders 筆順

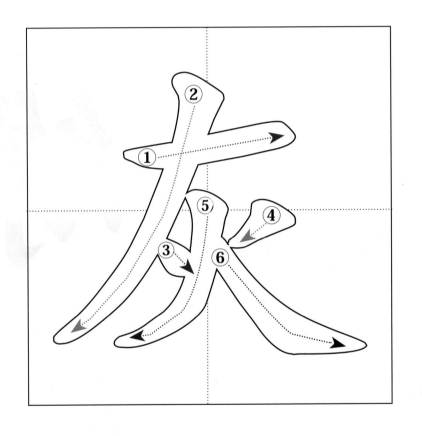

huī

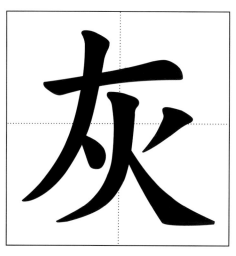

ash/gray

Zhè　shì　yān　huī
這 是 煙 灰 。
This is ash.

The changes of the strokes.
筆畫的變化。

bèi

貝

shell

yè

頁

page

gòng

貢

tribute

yán

顏

colour

bā

巴

jaw

sè

色

colour

Learn word formation.
學習組詞。

「紅」字也可以這樣畫。
We also can draw the character 'red ' in this way.

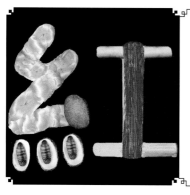

hóng

紅

red

hóng　　xiàn

紅　線

red thread

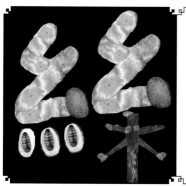

sī

絲

silk

sī　　chóu

絲　綢

silk

11

The Stroke Orders 筆順

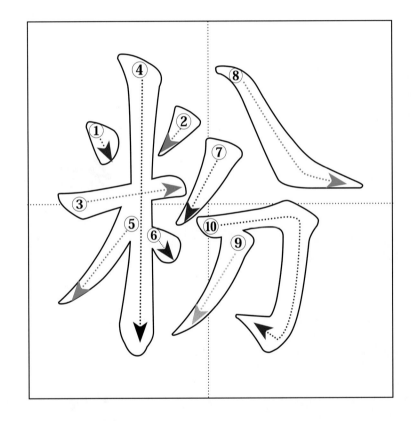

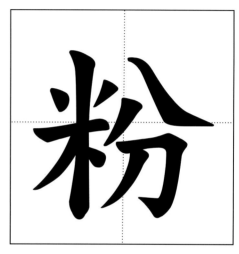

fěn

pink/flour

Fěn hóng sè de gāo liáng

粉红色的高粱。

Pink sorghum.

13

The Stroke Orders 筆順

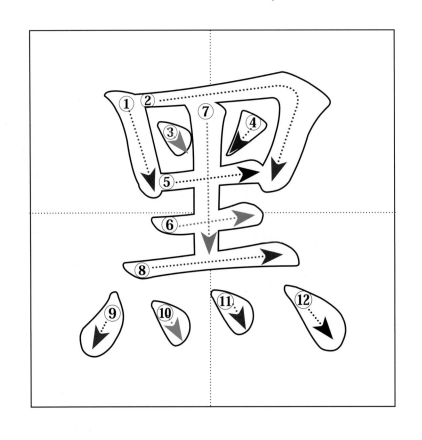

hēi

黑

black/dark

Hēi sè de huā liǎn
黑色的花臉。
The black face in the Peking Opera.

15

The Stroke Orders 筆順

purple

Zǐ sè de qié zi

紫色的茄子。

Purple eggplants.

17

The Stroke Orders 筆順

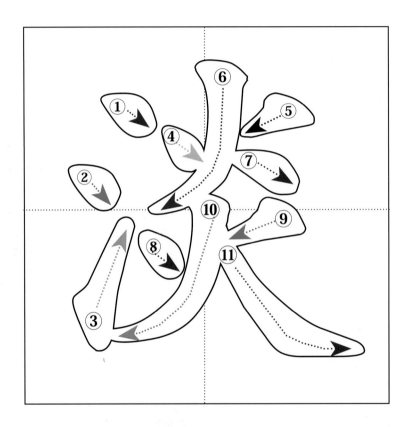

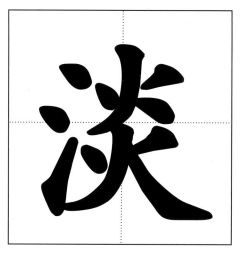

light/thin

Dàn huáng sè de sī jīn

淡黃色的絲巾。

A light yellow silk scarf.

19

The Stroke Orders 筆順

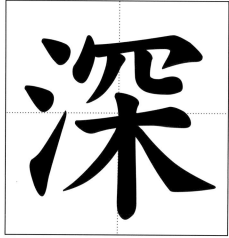

deep/depth

Shēn shēn de hé shuǐ

深深的河水。

Deep river water.

1. Zhè shì shén me yán sè
這是甚麼顏色？
What's this colour?

2. Zhè shì hóng sè
這是紅色。
This is a red colour.

3. Nà shì shén me yán sè
那是甚麼顏色？
What's that colour?

4. Nà shì lù sè
那是綠色。
That's a green colour.

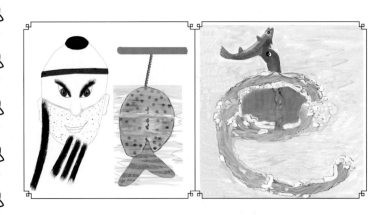

yán sè
顏 色
colour

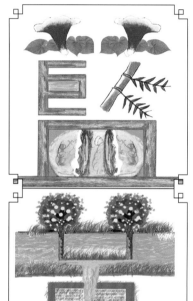

綠紅絲黃灰藍里黑

23

hóng sè 紅色	lǜ sè 綠色	huáng sè 黃色	fěn sè 粉色
bái sè 白色	huī sè 灰色	hēi sè 黑色	jú sè 橘色
lán sè 藍色	qīng sè 青色	zǐ sè 紫色	shēn sè 深色

Wǒ zhù zài Huáng Hé biān　　měi tiān kàn jian hóng rì
我住在黃河邊，每天看見紅日、
I live near the Yellow River, seeing the red sun, the green

qīng shān　　lù shuǐ hé xiān huā　　hái yǒu lán tiān　　dàn
青山、綠水和鮮花，還有藍天、淡
mountain, green water and some flowers every day,　and I also

dàn de bái yún hé shēn lù sè de sēn lín
淡的白雲和深綠色的森林。
can see the blue sky, the white cloud and the dark green forest.

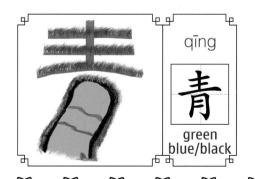

qīng
青
green
blue/black

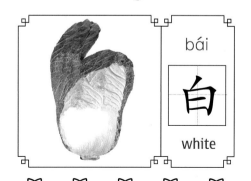

bái
白
white

25

The Stroke Orders 筆順

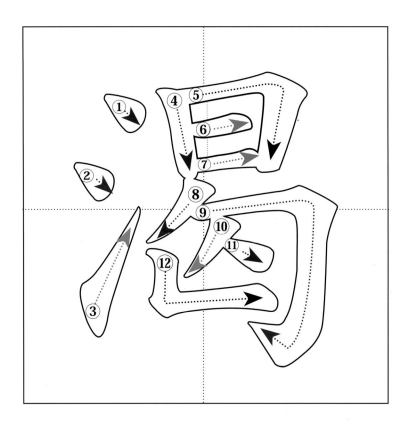

Lesson Two 第二課

kě

thirsty

Tā kě le

他 渴 了 。

He is thirsty.

27

The Stroke Orders 筆順

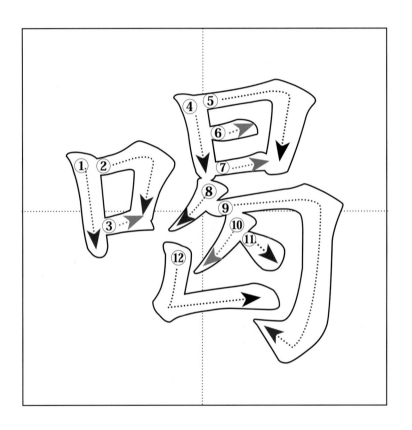

hē

喝

drink

Tā xiǎng hē shuǐ
他想喝水。
He wants to drink water.

29

The Stroke Orders 筆順

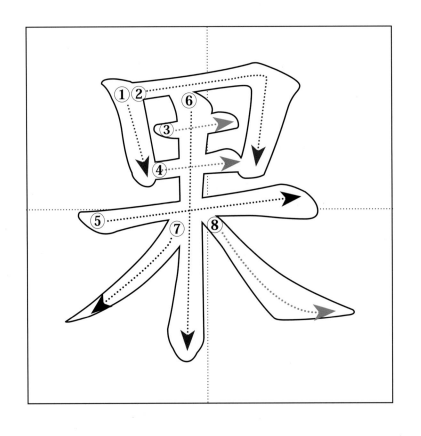

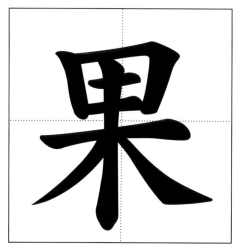

guǒ

果

fruit

Tā xiǎng hē guǒ zhī

她想喝果汁。

She wants to drink juice.

The Stroke Orders 筆順

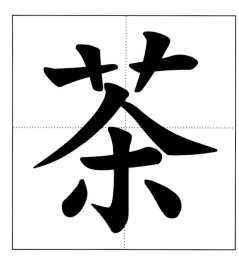

tea

Tā ài hē chá

他愛喝茶。

He likes to drink tea.

The Stroke Orders 筆順

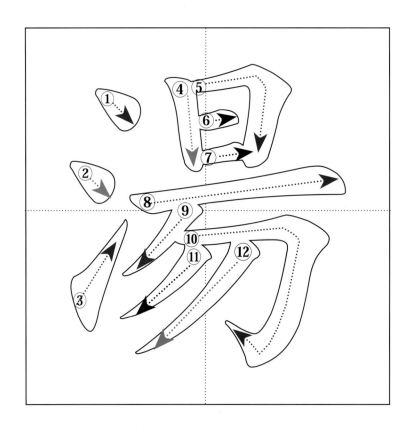

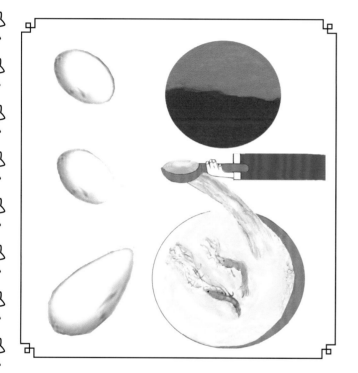

tāng

soup

Tā xiǎng hē tāng

她想喝湯。

She wants to drink soup.

35

What do you like to drink?
你喜歡喝甚麼？

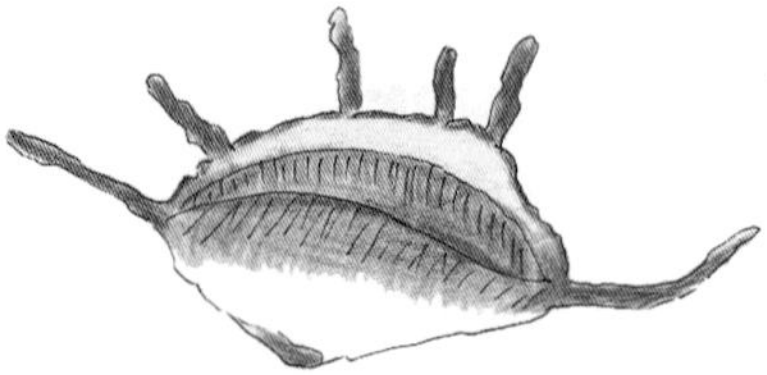

hóng　chá
紅茶
black tea

lǜ　chá
綠茶
green tea

huā　chá
花茶
scented tea

guǒ　zhī
果汁
juice

qì　shuǐ
汽水
soda water

xuě　bì
雪碧
Sprite

Nǐ ài hē shén me
1. 你愛喝甚麼？
What do you want to drink?

Nǐ yǒu mei yǒu kě lè
2. 你有沒有可樂？
Do you have Coke?

Nǐ xiǎng hē shén me
3. 你想喝甚麼？
What do you want to drink?

Nǐ yǒu mei yǒu chéng zhī
4. 你有沒有橙汁？
Do you have orange juice?

37

The Stroke Orders 筆順

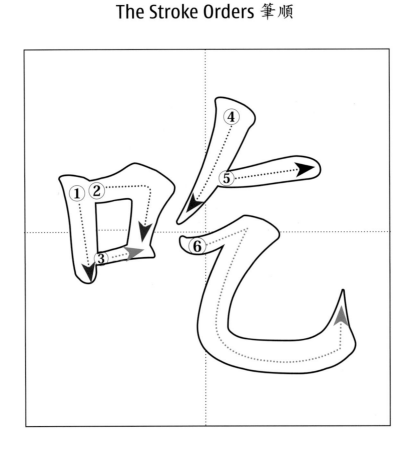

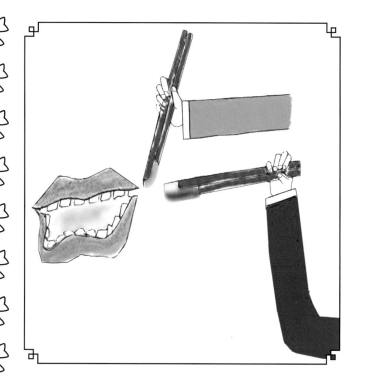

chī

吃

eat

Nǐ xiǎng chī shén me

你 想 吃 甚 麼 ？

what do you want to eat?

39

The Stroke Orders 筆順

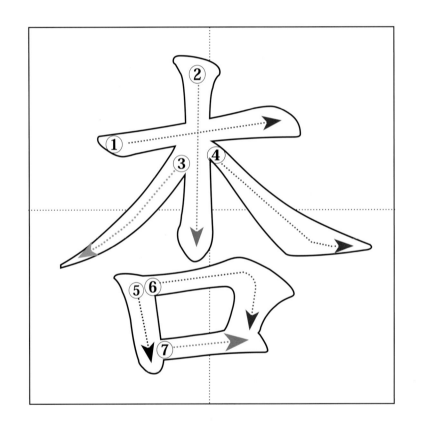

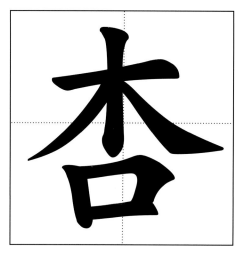

apricot

Tā xiǎng chī huáng xìng

她想吃黄杏。

She wants to eat yellow apricots.

The Stroke Orders 筆順

méi

strawberry

Wǒ xiǎng chī cǎo méi

我 想 吃 草 莓。

I want to eat strawberries.

43

The Stroke Orders 筆順

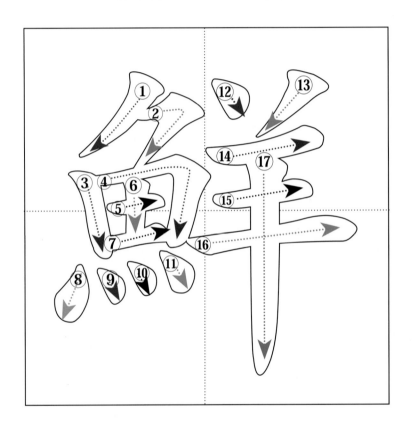

xiān

鮮

fresh/delicious

中國人愛吃海鮮。

Chinese love to eat seafood.

The Stroke Orders 筆順

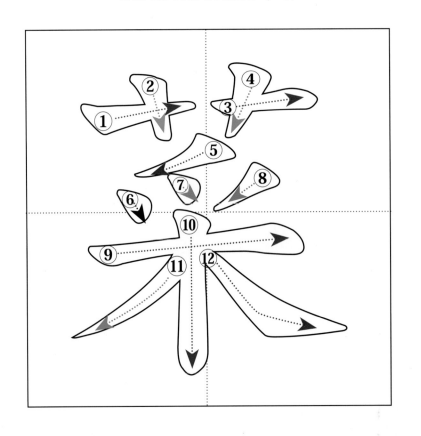

cài

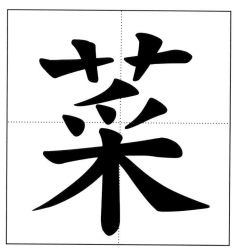

vegetable

Hánguórén ài chī là bái cài

韓國人愛吃辣白菜。

South Koreans love to eat kimchi.

47

What do you like to eat?
你喜歡吃甚麼？

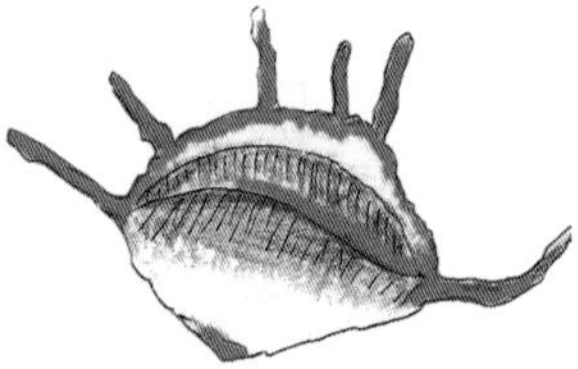

jiǎo zi
餃子
dumplings

miàn bāo
麵包
bread

pī sà
披薩
pizza

miàn tiáo
麵條
noodles

mǐ fàn
米飯
steamed rice

chǎo fàn
炒飯
fried rice

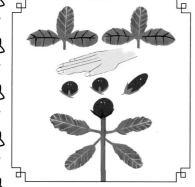

菜 莓 杏 茶 霉 鮮 鯉 采

The Stroke Orders 筆順

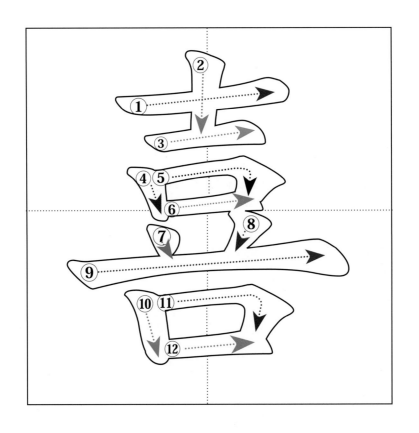

Lesson Three 第三課

XǏ

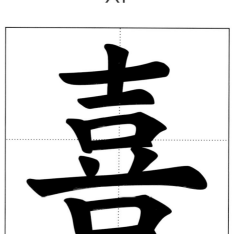

like/happy

Tā xǐ huan tā

她喜歡他。

She likes him.

The Stroke Orders 筆順

xué

學

study/learn

Tā xǐ huan shàng xué

他喜歡上學。

He likes to go to school.

53

The Stroke Orders 筆順

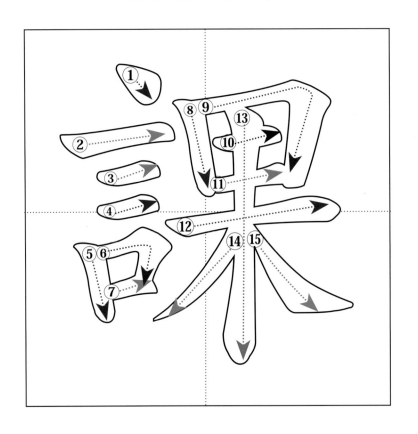

class/lecture

Tā　xǐ　huan shàng　kè

他喜歡上課。

He likes to go to class.

The Stroke Orders 筆順

shuì

睡

sleep

Tā xǐ huan shuì jiào

他喜歡睡覺。

He likes sleeping.

57

The Stroke Orders 筆順

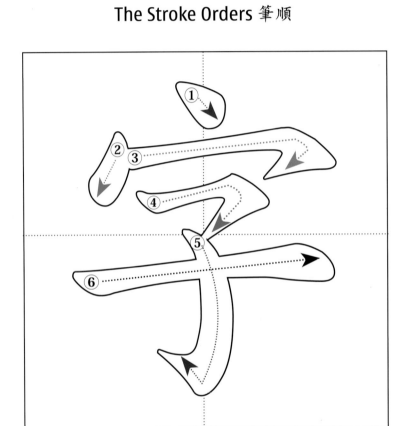

zì

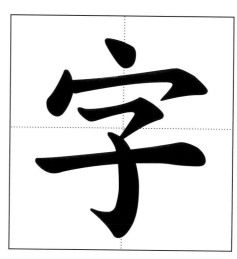

character

Wǒ xǐ huan xiě zì

我喜歡寫字。

I like to write the characters.

niú ròu 牛肉 beef	zhū ròu 豬肉 pork	jī ròu 雞肉 chicken	yáng ròu 羊肉 mutton
niú nǎi 牛奶 milk	jī dàn 雞蛋 egg	kā fēi 咖啡 coffee	dà xiā 大蝦 prawn
shā lā 沙拉 salad	rè gǒu 熱狗 hotdog	tián shí 甜食 dessert	hàn bǎo 漢堡 hamburger

Wǒ yǒu yì tiáo xiǎo gǒu jiào
我有一條小狗叫

xiǎo bái　　Tā xǐ huan chī ròu hé gǔ tou
小白。牠喜歡吃肉和骨頭，

bù xǐ huan chī bái cài hé mǐ fàn　　yě bú
不喜歡吃白菜和米飯，也不

ài hē tāng　Wǒ shàng xué　　tā yě yào shàng
愛喝湯。我上學，牠也要上

xué
學。

61

The Stroke Orders 筆順

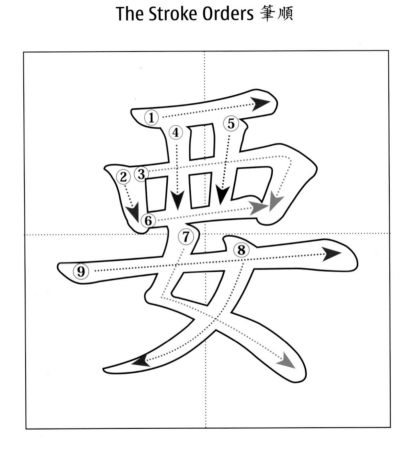

yào

要

want

Tā yào dù jiǎ
她要度假。

She wants to have a holiday.

63

The Stroke Orders 筆順

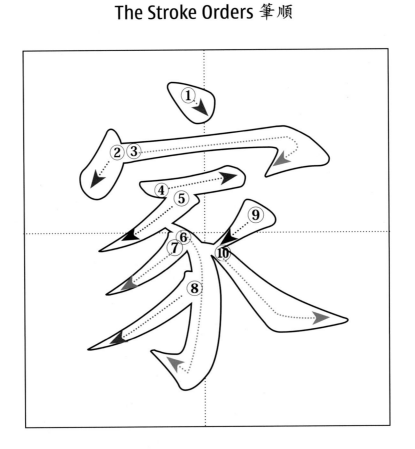

jiā

home/family

Xiǎo zhū yào huí jiā

小豬要回家。

The piggy wants to go home.

The Stroke Orders 筆順

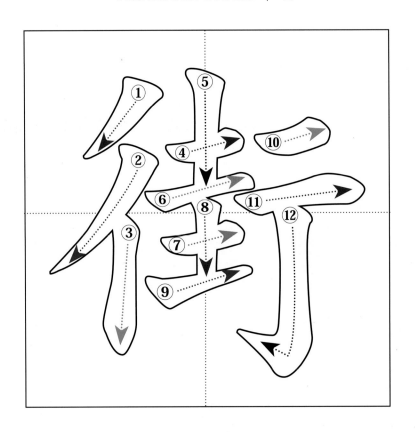

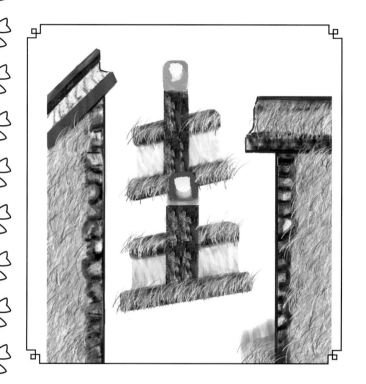

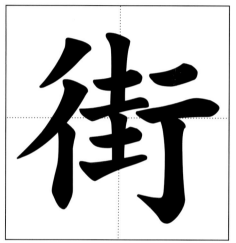

jiē

街

street

Jiě jie yào guàng jiē

姊姊要逛街。

My sister wants to go shopping.

67

The Stroke Orders 筆順

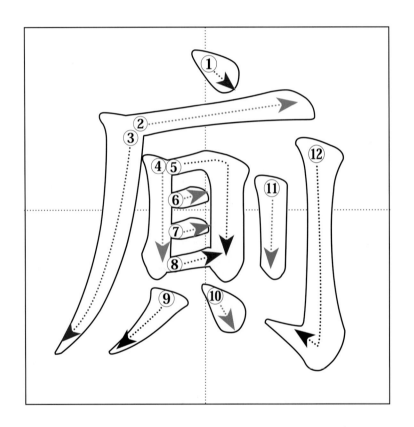

cè

toilet

Tā yào shàng cè suǒ

他要上廁所。

He wants to go to the toilet.

The Stroke Orders 筆順

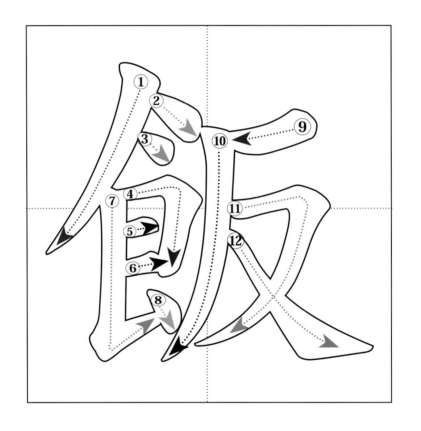

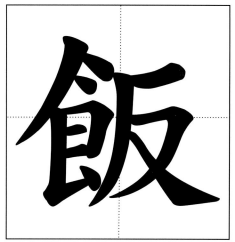

meal

Tā yào qù fàn diàn
她要去飯店。
She wants to go to a restaurant.

例 (e.g.) :

Nǐ yào gàn shén me

你要幹甚麼？

What do you want to do?

Wǒ yào shàng cè suǒ

我要上廁所。

I want to go to the toilet.

suǒ

所

place/station

Tā yào gàn shén me

牠要幹甚麼？

What does he want to do?

72

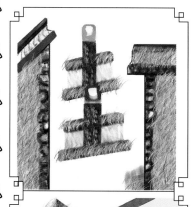

字 學 家 要 街 飯 餅 所

The Stroke Orders 筆順

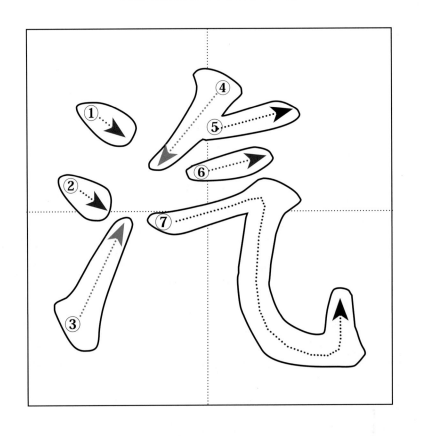

Lesson Four 第四課

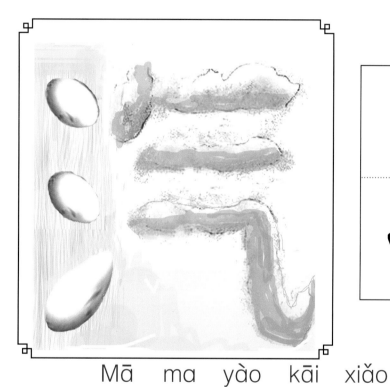

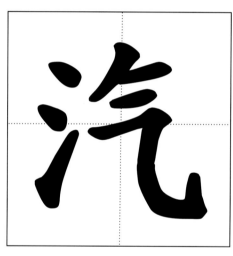

qì

汽

gas

Mā ma yào kāi xiǎo qì chē

媽媽要開小汽車。

Mum is going to drive a car.

The Stroke Orders 筆順

chē

car/cart

Bà ba yào chéng gōng chē
爸爸要乘公車。
Dad is going to take a bus.

77

The Stroke Orders 筆順

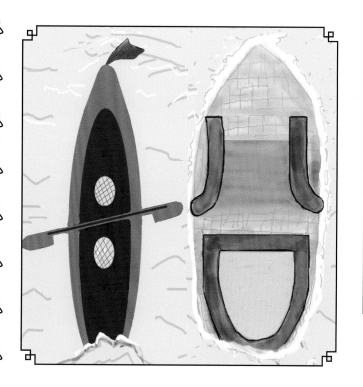

chuán

boat/ship

Gē　ge　yào　chéng chuán

哥哥要乘船 。

My elder brother is going to take a boat.

The Stroke Orders 筆順

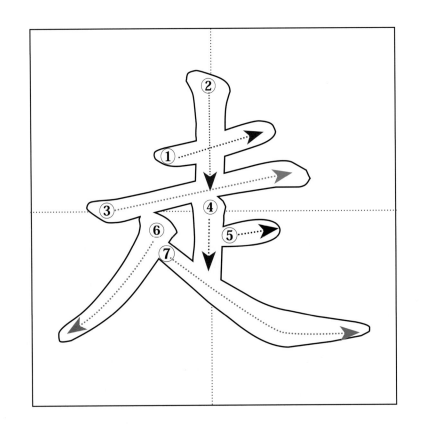

zǒu

walk/go

Wǒ yào zǒu lù shàng bān

我要走路上班。

I am going to work on foot.

The Stroke Orders 筆順

qǐ

起

get up/start

Dì di yǐ jīng qǐ chuáng le

弟弟已經起床了。

My younger brother has already got up.

83

Read these words.

讀一讀這些詞。

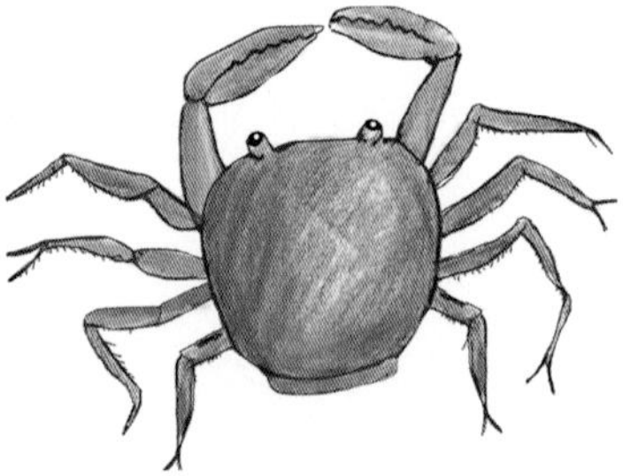

fēi jī

飛機

plane

dì tiě

地鐵

subway

chū zū chē

出租車

taxi

jiào chē

轎車

car

Wǒ chéng fēi jī qù Běijīng
1. 我乘飛機去北京。
I go to Beijing by plane.

Tā chéng dì tiě qù shàng xué
2. 他乘地鐵去上學。
He goes to school by subway.

Nǐ zuò chū zū chē qù jī chǎng
3. 你坐出租車去機場。
You go to the airport by taxi.

Tā kāi chē qù shàng bān
4. 她開車去上班。
She drives to work.

The Stroke Orders 筆順

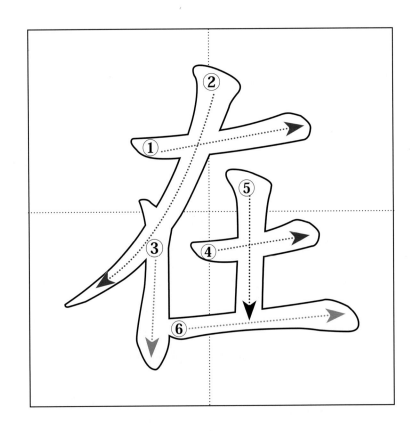

zài

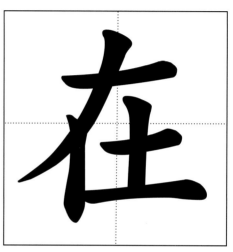

在

exist/in

Nǐ zài gàn shén me

你 在 幹 甚 麼 ?

What are you doing?

87

The Stroke Orders 筆順

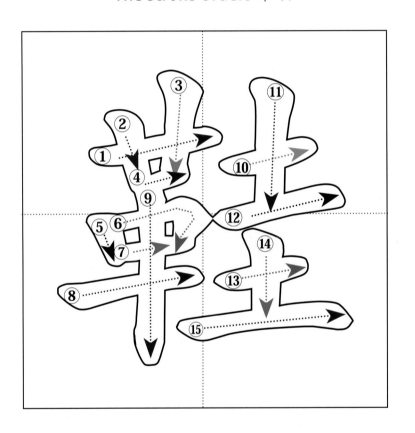

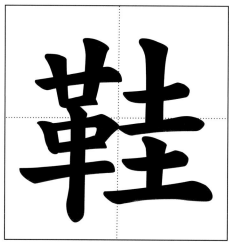

xié

shoes

Wǒ zài chuān xié

我在穿鞋。

I am wearing shoes.

The Stroke Orders 筆順

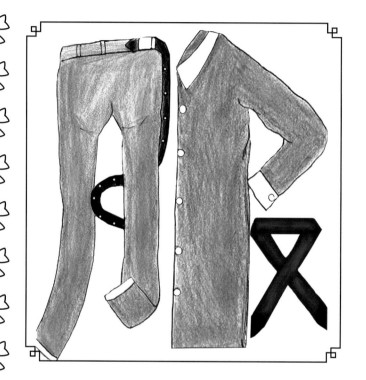

fú

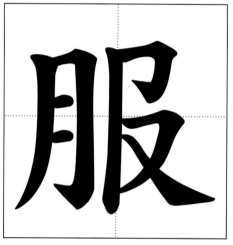

服

clothes

Wǒ zài chuān xiào fú

我在穿校服。

I am wearing my school uniform.

The Stroke Orders 筆順

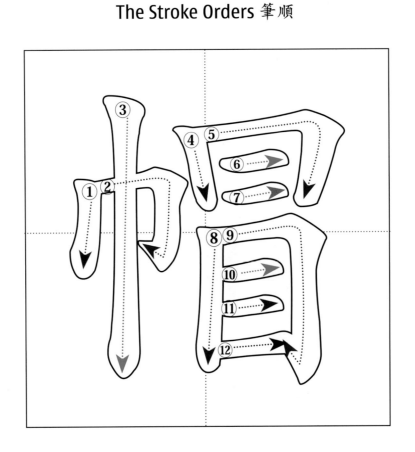

mào

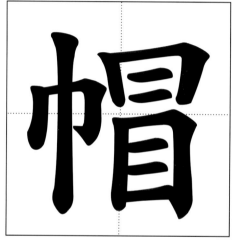

hat/cap

Tā zài dài mào zi

她在戴帽子。

She is wearing a hat.

93

The Stroke Orders 筆順

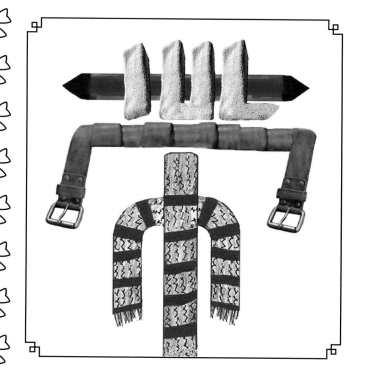

dài

belt/bring/carry

Tā zài jì lǐng dài

他在繫領帶。

He is wearing a tie.

dài

帶

belt/bring/carry

dài

戴

wear/a family name

dài shǒu jī
1. 帶手機
bring your mobile

fà dài
2. 髮帶
hair-ribbon

dài yǎn jìng
a. 戴眼鏡
wear glasses

Dài Qiáng
b. 戴強
a name

96

Wǒ men shàng xué yào chuān xiào fú
我們上學要穿校服。

Nǚ shēng chuān bái shàng yī hóng qún zi hēi pí xié
女生穿白上衣、紅裙子、黑皮鞋

hé hēi máo yī
和黑毛衣。

Nán shēng chuān lán sè de shàng yī hēi kù
男生穿藍色的上衣、黑褲

zi hēi pí xié hé bái wà zi dài lán sè de
子、黑皮鞋和白襪子，戴藍色的

lǐng dài
領帶。

xǐ huan	hóng rì	lán sè	lǜ shù	huáng hé
喜歡	紅日	藍色	綠樹	黃河

kě lè	nǎi chá	bái cái	shàng xué	shàng kè
可樂	奶茶	白菜	上學	上課

kù zi	guàng jiē	chéng chuán	hē shuǐ	chī fàn
褲子	逛街	乘船	喝水	吃飯

ròu tāng	mǐ fàn	yī fu	mào zi	lǐng dài
肉湯	米飯	衣服	帽子	領帶

Stickers

小貼紙

Stick the stickers on the related Chinese characters on the following pages.
將小貼紙貼在後面相應的漢字。

  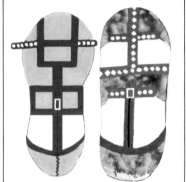

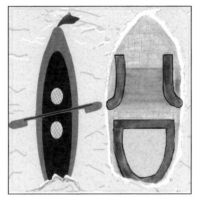
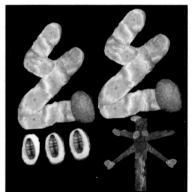

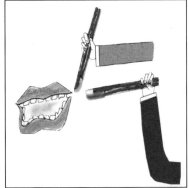

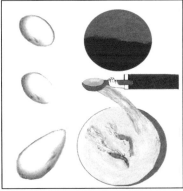

104

hóng 紅	sī 絲	xìng 杏
紅	絲	杏

méi 莓	lán 藍	lù 綠
莓	藍	綠

hē 喝	kě 渴	chī 吃

xué 學	chē 車	qì 汽
		汽

fěn 粉	shēn 深	fú 服
粉	深	服

dài 帶	zǒu 走	chuán 船
帶	走	船

107

dàn 淡	guǒ 果	yán 顔
淡	果	顔
huī 灰	sè 色	zì 字
灰	色	字

hēi 黑	zǐ 紫	fàn 飯

cài 菜	tāng 湯	chá 茶

qǐ 起	cè 廁	suǒ 所
		所

jiā 家	shuì 睡	qiǎn 淺

jiē 街	mào 帽	xiān 鲜

xié 鞋	yào 要	zài 在

huáng 黃	qīng 青	kè 課
黃		課

shén 甚	me 麼	bái 白
甚	麼	白

Vocabulary
詞彙

1.	紅	red	30.	紫	purple	59.	白	white
2.	這是	this is	31.	紫色	purple colour	60.	渴	thirsty
3.	紅日	the red sun	32.	茄子	eggplant	61.	喝	drink
4.	黃	yellow	33.	淡	light/thin	62.	想	want
5.	那是	that is	34.	淡黃色	light yellow	63.	喝水	drinking water
6.	黃河	the Yellow River	35.	絲巾	silk scarf	64.	果	fruit
7.	藍	blue	36.	深	deep/depth	65.	果汁	juice
8.	這些	these	37.	河水	river water	66.	茶	tea
9.	藍花	blue flowers	38.	顏色	colour	67.	愛	love
10.	綠	green	39.	紅色	red colour	68.	湯	soup
11.	那些	those	40.	綠色	green colour	69.	紅茶	black tea
12.	綠樹	green trees	41.	黃色	yellow colour	70.	綠茶	green tea
13.	灰	ash/gray	42.	白色	white colour	71.	花茶	scented tea
14.	煙灰	ash	43.	灰色	gray colour	72.	汽水	soda water
15.	貝	shell	44.	黑色	black colour	73.	雪碧	Sprite
16.	頁	page	45.	橘色	orange colour	74.	可樂	Coke
17.	貢	tribute	46.	藍色	blue colour	75.	橙汁	orange juice
18.	顏	colour	47.	青色	dark green colour	76.	有沒有	have no
19.	巴	jaw	48.	紫色	purple colour	77.	吃	eat
20.	色	colour	49.	深色	deep colour	78.	杏	apricot
21.	紅線	red thread	50.	每天	every day	79.	莓	strawberry
22.	絲	silk	51.	鮮花	flowers	80.	草莓	strawberry
23.	絲綢	silk	52.	還有	and also	81.	鮮	fresh/delicacy
24.	粉	pink/flour	53.	淺藍色	light blue	82.	中國人	Chinese
25.	粉紅色	pink	54.	淡淡	light	83.	海鮮	seafood
26.	高粱	sorghum	55.	白雲	white cloud	84.	菜	vegetable
27.	黑	black/dark	56.	深綠色	dark green colour	85.	韓國人	Korean
28.	黑色	black colour	57.	森林	forest	86.	辣白菜	kimchi
29.	花臉	coloured face	58.	青	dark green	87.	餃子	dumplings

88.	麵包	bread	120.	家	home/family	151.	服	clothes
89.	披薩	pizza	121.	回家	go home	152.	校服	school uniform
90.	麵條	noodles	122.	街	street	153.	帽	hat/cap
91.	米飯	steamed rice	123.	逛街	go shopping	154.	戴	wear
92.	炒飯	fried rice	124.	廁	toilet	155.	帽子	hat/cap
93.	喜	like/happy	125.	廁所	toilet	156.	帶	belt/bring/carry
94.	喜歡	like	126.	飯	meal	157.	繫	wear/tie
95.	學	study/learn	127.	飯店	restaurant	158.	領帶	tie
96.	上學	go to school	128.	所	place/station	159.	手機	cell phone
97.	課	class	129.	汽	gas	160.	眼鏡	glasses
98.	不喜歡	dislike	130.	開	open	161.	髮帶	hair-ribbon
99.	上課	go to class	131.	小汽車	car	162.	上衣	top/shirt
100.	睡	sleep	132.	車	car/cart	163.	裙子	skirt
101.	睡覺	sleep	133.	乘	take public	164.	皮鞋	leather shoes
102.	字	character			transportation	165.	毛衣	sweater
103.	寫字	character writing	134.	公車	bus	166.	襪子	socks
104.	牛肉	beef	135.	船	boat/ship			
105.	豬肉	pork	136.	乘船	take a boat			
106.	雞肉	chicken	137.	走	walk/on foot			
107.	羊肉	mutton	138.	走路	walk			
108.	牛奶	milk	139.	上班	go to work			
109.	雞蛋	egg	140.	起	get up/start			
110.	咖啡	coffee	141.	起床	get up			
111.	大蝦	prawn	142.	飛機	plane			
112.	沙拉	salad	143.	地鐵	subway			
113.	熱狗	hotdog	144.	出租車	taxi			
114.	甜食	dessert	145.	轎車	car			
115.	漢堡	hamburger	146.	坐	sit			
116.	白菜	cabbage	147.	在	exist/in			
117.	骨頭	bone	148.	幹甚麼	what do you do			
118.	要	want/will	149.	鞋	shoes			
119.	度假	holiday	150.	穿	wear			